草窓のかたち

鈴木東海子

思潮社

草窓のかたち

鈴木東海子

思潮社

カバー作品＝バーバラ・ヘップワース
スクリーン・プリント「オーキッド」

目次

みどりの序章　10
一つのかたち　サザークから　14
穴のあるかたち　ハムステッドで　20
トルソⅠ　ワイルドの背中　26

窓の第一章　32
草の形見函　36
二つのかたち　セント・アイヴスへ　44
バリー列車　50

窓の第二章　54
形・断章　58
音信《おとずれ》の庭　62
青葉の声　66

窓の第三章　68
羽のかたち　回帰便　72
桜なき　76
窓の第四章　78
犬のいる場所　カンタベリー街道　80
朗読の人　82
草窓の結章　90
荒野の羽　92
海のかたち　ポーツミア海岸で　94
プロフィール・註　97
あとがき　107

草窓のかたち

みどりの序章

湯気が匂いになるまでに飛ばされてしまう冷えた風がテーブルに渦まく岸辺のテラスで珈琲をすする。美術学校の学生が造型変化した帽子をかぶりとおりすぎてゆく。隣接の美術館で絃のある球型彫刻をみてきたのであった。張られた絃が渦まく音楽をかなでており五階からの螺旋階段の下降は回転する風景のなかに立っているようであった。

御兄様*冬の船は小さな波に揺れゆれ戻すほどの小型の

アヴォカ丸で過す薄暗いロンドン生活は寒々として少量の風にも揺れています。テムズ河の風は水面から周りから吹きよせ大きく揺れて子供たちは咳きこみます。詩人の『アラビアのロレンス』*は毎週一万冊も印刷されて読者の目に届きます。吐く息も揺れて眠りの髪まで揺れて爪に力が入ります。詩人は新鮮なインクの匂いをつけて訪れ船の中で詩女神《ミューズ》*の匂いをまきちらし食卓のうえに寝台のうえにこぼすのです。詩女神は河底のみどりの藻の匂いがしており変則的に揺れるのです。詩人の内臓にまで染み渡り口を開く度にみどりの藻がでてくるのです。藻は時おり腐臭のように漂います。また船が大きく揺れました。船がみどりの藻のなかで踠きます。〈草のみどり、ポプラのみどり、月桂樹のみどり、海のみどり、エメラルドのみどり〉*と詩人が牧歌的に歌っています。船が激しく咳きこみます。船底では私は私になって眠ることができません。私は河のみどりを絵筆で塗りつぶします。厚く塗りこめます。
ウィニィフレッドは窓からの風景を描いていますか。
〈視ているものを。〉
〈遠くのものを。〉
続きは省略します。ナンシーの署名が読み難くかすれ。

小さな文字で真黒に塗りつぶされているようなノートを開けて苦い液体を口に流すと全身に揺れが広がるのだった。手紙には続きがありこのまま投函されポストの闇をくぐり湿った声を届けただろうか。赤い駅に住む画家のアトリエまで。入り組んだ人間関係の序章が広がる。空のカップにみどりの藻の匂いがからまるのだった。

一つのかたち

サザークから

鐘の音の九回めが鳴り響く一歩を足踏みしロンドン大橋を渡りきるとサザーク大聖堂*の時計が見える。前庭の花が川風に揺れているその隙間に行きかう人達も見えてくるのだ。隣接地は市場であるが冬野菜の臭いは薄く青菜の少なさが季節を寂しくさせる。だが根菜類が山積みで運びこまれる荷台の玉ねぎの表皮がはがれて浮きあがるほど乾いているのも目に入ってくるのだ。

テムズ川沿いの小路をおりる途中に薄墨色レンガの牢獄

博物館の扉が開いているのだった。幾度かの通りがかりにも閉まっていた扉が開いているのである。暗い場所に足を踏み入れることを拒む意志が強固であるにもかかわらず方向が示されているように足が向いてゆくのだ。階段をおりて小さな窓口で入場券を求めて紙幣を払うと窓口から細い手が伸びて切符を渡され前に進むのだ。暗い場所は陽が入らない北向きの半地下である。鉄格子のある閉所の隅に引きつけられる。

《うずくまる人のようで
《人であるが人であることなく
《人形であるが人形であることなく

古い時代のほこりの臭いが充満しているのだ。私の視線が一方的であるはずもなく無言で射るその視線に捕らえられるのだ。生きているはずのない視線がかきみだす。

視線をこの場所に置いていくことは見放すことだろうか。ここにある感覚が深い繋がりを引きしぼるように締めつけるのだが通り抜ける。

火力発電所であった吹き抜け空間をもつ美術館のスロープを降りて行くと彫刻が置いてある。明るい室内のテイト・モダン*の床が広がり格子のない区画だけが示されている。ヘップワースの〈一つの形〉が立っている。明るい部屋と明るい人々と明るい彫刻を写すのだ。箱の暗がりに閉じ込められたのは形であった。そこにいるように。独りのように。支えるもののかたちなしに独りのように。ひとつのように。

一つの形（Single Form 1937–38）

人体の形を極限まで単純化している。すでに人体を想像させる形ではないがまだ確実に人体から意識が離れていない。この年代までは単体の作品はほとんどなく球体複数で構成されている。一体ですくっと立つ。長立体の側面の局面が独特のカーブをもつヘップワースの自立の作品である。

明るい部屋の明るい仕種は揮発性が強いから消えてしまわないうちに写すのだ。ひと巻きのフィルムを連動させ巻き込むまで指に力を入れ続けた。時間の小片《かけら》と声も押しこんだ。だがその風景だけが消え去っている。明るい生活は明るい場所を離れたがらない。あのフォルムはすでに立つべき場所を所有しているのだった。

《立っているわたしがいる
《立っているわたしをみる

充分に立っている

風景の成長のなかでこえるのだ
白兎の前足の強さで
わたしよ具象を
蹴れ。

穴のあるかたち

ハムステッドで

薄地の黒いジャケットの肩を濡らしていった雨のハムステッド*駅の商店街はビクトリア様式の間口の狭い建物が隙間なく建ち並び坂をのぼるあたりで屋敷街になる。両肩が雫を吸って膚に冷たさが届く頃には街の真中あたりに原野のような公園の入口となる。濃い桃色の花が枯れはじめている。厚地のコートをはおる人について入る本屋には美術書が高く積まれている。彫刻家の本を捜していたのだ。長髪の学生がフリーダ*の画集を棚から取り出し全身傷だらけの自画像を見ているのだった。

マルのアトリエを捜して坂をおりていくと空家が散らばるように売家のたて札をだしているが長期に住みついてしまいたい願望はすぐにはじきとばされてしまうのだった。

穴のある形（Pierced Form 1931）

題名が変化してきた。材料は雪花石膏で大理石の風合で表面がなめらかな石である。人体をデフォルメした形体はさらに単純化されて抽象的な形になっていく。表面はみがきが念入りに入りすべらかである。人体だとほとんど分らないが上半身と見ることもできる。真中あたりにひとつの穴があいている。塊としてある彫刻に穴をあけることははじめてである。穴をあけることとは内部を見せることでもある。技術的にいえば石に穴をあけるのはこの頃は難しいことだったろう。穴をあけることとは風の通り道ができることでありまた内側から叫ぶ声も外側に向けているといえよう。内側からの声とは内側にためこまれていた女性たちの歴史的な声といえるのだ。

研くことが意志の全容のように研いたその時間は微量であったので全力をそそぎ球形たちの誕生を祝していた。冬の入口の十月三日に記念すべき三つの卵が産れたのだった。卵の殻はすでに体内で消滅し柔らかい身体の赤子たちが閉じこめられていたものから渦を巻きながら押しだされる。赤子たちは充分な五体を持っており血筋の香りを漂わせる三つの身体であった。強靱な骨格をもつ彫刻家は一度に三つの身体を産みだしたのである。研くことで未来を写しだすほど透明に近づくように赤子たちは細い茶色の毛髪をつけて眠っている。眠る子の頭脳は冬ごもりの間に成長し未来をつくりだし身体を熱くするのであった。

三つの形（Three Forms 1935）

楕円形の二つの形と球形の白い大理石の磨きのかけられた形体が三点に位置する関係でひとつの平板に置かれている。立方体の角を削り落としながら円みを付けていく過程でそれは人体をくるむ丸みのようである。構成上の大きさの決定ということではなくその大きさは現実的な印象からくる寸法といえる。ここには人体を想像させる形はないが、そこに在ることは伝わってくる。透明な単体が眠りのかたちでそこにあった。

ヘップワースの作品集に紙切れのようなメモが細かい字で書き込まれているのが落ちた。（本の写しのように。）

一九二五年の五月フローレンスで彫刻家ジョン・スキーピングと結婚。

スキーピング「横たわる女」（Reclining Woman 1930）
ヘップワース「横たわる像」（Reclining Figure 1933）
の制作。
一九二九年第一子ポール・スキーピング誕生。（一九
五三年タイで撃墜され死亡。）
一九三一年画家ベン・ニコルソンと画家ウィニィフレ
ッドの第三子アンドレー・ニコルソン誕生。

街の真中のヒースに陽が当り暖かい時間が雲のちぎれと消えてゆく。〈原っぱ〉と子供は呼んでいただろう。ヒースに踏み込み過ぎると迷い込んでしまうほどに樹木がおおいかぶさってくる。もうひとりの子供の影までもどこかでさらに濃い影に飲み込まれるように見えないのが気がかりであった。

〈お母さん。鳥は三羽だっただろうか。

〈お母さん。鳥は四羽だっただろうか。

〈お母さん。兎は三羽だっただろうか。
〈お母さん。兎は四羽だっただろうか。
謎々の問いかけを耳元で囁くのだ。

《ぼくはここで
　草兎になるよ。

草色になって隠れているから草に似ているから野原に似
ているから。
穴のあるかたちから抽象の兎が
見えるように。

トルソⅠ

ワイルドの背中

正面から向ってくる風が急激に冷却の度合を強めてくるスローン通りを右に曲ると病院通りになる。赤レンガの出窓飾りのその角で立ち止まる。川面をすべりあがってくる風がここまで追ってくる朝だ。細い小路のどの小路にも名称が付いていて庭の名前のように呼ぶのだ。狭い通りに面した建物番号三十四番の玄関に対に並ぶ黒い扉の取手に手を掛けた。

オスカー・ワイルド*の家の取手に手を掛ける不在であった。部屋に古風な刺繍のカーテンが掛けられていたが確かに不在であった。
扉の前で記念に写真をとりたい気持ちがわきあがる。十九世紀の朝が扉の前にあるのだった。髪は川風に吹かれ横向きであったが身体は世紀末の扉から出てきた正面向きになったのである。

豊かな薔薇の香りは湿気に漂うこともなく枯葉を踏むふたり分の足音が響くだけだ。絵の中のように不在であった。フロックコートの肖像画はどの壁にかけられてあったのだろう。
長身の男と擦違う。朝の寸劇だ。旅の人よ。私たちは旅の朝にこの巡り合いに心こめて挨拶したのだ。異国の声掛かりよ。

《ぼくの友達に
　声をかけて。

前屈み褌掻き合せて歩く男は言葉を託していった。手渡された言葉はなぜに胸にすっと入ってきたのか不思議だった。異国の言葉を解する前に私たちに分ったのは視線方向に男がいたからなのだろうか。チェルシィ病院の前のベンチに男が坐っている。

男は眼をあげることもなく望郷をむさぼるようにパンを食している。二重唱のように声をかけたが男の声はパンのようにくぐもって聞こえるのだ。

その他に何と言ったらよかったのだろう。

（その他の声ね。）

《ぼく自身に
声をかけて。

（グッモグッモグッモグッモの声で。

〈ぐっもぐっもぐっもぐっもぐっもの声で。

その他の声で何を言ったらよかったのだろう。
白い影が薄明りを横切るのだ。

——まさに日本的な気分をつくり出す*——

動かない舞踏だ。O氏*の白塗りの裸体が立っている。眼を瞑り静止しているが心は全開である。真紅の袴が小振りのひきしまった尻に巻きつきライラックの淀む匂いが漂ってくる。胸部の筋肉が作動し腹部のうねり運動は身体運動であるが感情運動である。内臓が身もだえしているのだ。
〈ドリアン・グレイの最後の肖像画〉は男の背面鏡であった。背中から血が流れているよ。黒い扉までも。

トルソー・ユリシーズ（Torso I・Ulysses 1958）

逆三角形の頂点の部分が台座に接している形体である。頭部はなく両腕と両脚も省略されているが、かつてあったという想像力が成立する形体である。トルソの作品は三体制作されている。セント・アイヴスの海岸沿いの公園に設置されている。大西洋に向き世界を受けている男のトルソである。右肩が大きく盛りあがり手をあげているように見えるのである。

アトリエの中から白薔薇の清冽な香りが漂い石膏の粉が飛び散る。白い粉にまみれた彫刻家の手は傷を埋めるように塗り重ねる。清潔な背中が表われる。背骨の一区切りづつに段階があるとしてもわずかだ。この美しい曲線は見識った流れだ。だが肩甲骨の内側に残る破れめから物語が染みだすのだ。飛び散るように旅に出ていった男は戻ってくるだろうか。異国から。

《ぼくに
血をかけて。
もう一度。もういちど。

窓の第一章

骨董市の路上に並べられている古い絵は単に古い絵であったが窓辺に置かれたリンゴのある風景画にはサインが入っている。細密描写的リンゴは隣接の果物屋から取りだしたかのようだ。絵からの手紙のように。

御兄様窓辺に置かれた水差しの底に水が残っています。朝陽をあびてこの季節のよどみがたまっているような古い水差しに水をたせば家族の朝に戻るでしょうか。
窓から見えるバンクスヘッドの風景画は描き終りました

か。対の珈琲カップの置かれた「朝食のテーブル」*から
見える一本の樹の葉のない明るい朝の開かれた窓辺に。
私の窓からは野原が広がり遠景には樹木がかすんでいます。子供たちは草にまみれて風景のようです。
詩人*は三階から飛び降りました。消毒液を飲んで飛びおりた女神《ミューズ》と絡まり骨がくだけ肉が破れ血をあびています。

詩人は窓を描きません。窓の外に飛びだしたのです。窓硝子は破れて修復されないでしょう。たとえマヨルカ島の陽差しでも。
水差しの水は情が染みだすように乾いていきます。窓の下は蛇の交尾のように醜悪です。未来を打ち砕くほどに。
東の国の詩人の言葉を想います。

視凝めすぎることは壊すことだろうか
遠い窓硝子の面に無数にひびが走る

しかしそこにわたしの時間があると
なぜ信じてしまったのか*

硝子の向側のひびは激しくゆがんでいます。家庭的なそして芸術的な望みはもてるでしょうか。私の窓は閉じられる時なのでしょうか。けさも水差しに水を入れてみました。

ナンシーより。イズリップにて

名前は女画家のようで家族であるかのように良く知っているように思われた。窓からの風景をすでに見たことのある眼をその場所の眼を知っているのだった。リンゴは乾いてしまわないうちに子供に噛られて絵が完成したのだ。油絵の表面には細かいひび割れが浮きだしている。家族の結末のように。

草の形見函

十月の土曜日に骨董市に出かけたのは霧の濃い朝だった。ホテルの目玉焼き玉子を食することもない早朝に市街の東方に車を走らせるのだった。

露店に群がる人達の朝は早く緑色のショーウィンドウの角を曲がると歩幅はゆっくりになるのだ。〈ゴールド屋〉の看板がかけられているが建物から飛び出しているのはほとんどなく文字を見て店内を知るのだ。骨董品から日常品にガラクタの類までびっしり並んでいる。ポートベロー通りのマーケットには純金のアクセサリーの店が軒をならべている。ジョージアンやビクトリアンの中世時代の細工物は手がこんでいて美しい。ベルベットのクッションに止められておりエメラルドや月長石が花や昆虫に形どられている。土曜日ごとに骨董市に来るようになったのはいつの頃からだったろう。

わたしは作家になり沈み彫りの文体で小説を書くつもりだったのを誰にも知らせることができなかった。〈干し草山殺人事件〉が起こってから心安まることがなかったからだ。警察はいまだに犯人を捕えていない。推理の道すじさえたてずもうずい分と年月がたっている。一九四六年におきた事件だというのに。草山のうえで若い女性が絞殺された異様な事件で発見されるのに時間もかかった。わたしは犯人を知っているが知らせることができないのだ。わたしの男友達であることを知らせたかった。わたしは作家になりこの事件を書くべきだった。どんな方法があっただろうか。わたしはニードルと呼ばれた若い女性であった。毎週土曜日にはマーケットにでかけるのだった。わたしはマーケットには行くことができるのだった。エメラルドのブローチに目がいってしまうのだった。エメラルドを身に付けることはできなくても見ることができるのであった。このカットの繊細な輝きは緑の光というようであった。光がわたしを呼ぶように思えるほど身近かに輝くのであった。

土曜日の朝だというのに枕もとのスタンドの電気が切れた。そして風呂場の電気も切れて金庫が開かなくなり外へ出られないのだ。電球を取り替えに来なければ外出もできないのだった。不機嫌が充満しているような朝に外出の前に階段を何度上り下りしたことだろう。その日は昼近くに着いたのだがあまりに人の群れが多すぎたのだ。

店内が見えないほどに。

だが宝飾の店だけが広々としているのだった。骨董品のショーケースには三人の客がいるばかりだ。

群れは背の高い人達の雑多な気配で空気を濃く湿らせていた。少しの呼吸をするにも何か湿り気があり喉ごしが悪かった。トルコ人かアラビア人の香油にむせて食物の腐敗の臭いを吸ったかのような粘り気の吸い込みであった。臭いが染みついてくる。その骨董屋には来る度に立ち寄っているがどこまでも届きにくい道路を渡らなくては着かないのだ。

三人の客がいた。三人の客が立っているように見えた。

一組は夫婦で妻は宝飾から目を離さずに話しをするのだ。

男の視線が浮いているのだ。男の視線は三人目の客にそそがれているように思う。ほどに。

白い蜂のブローチを手に入れたのもこのマーケットだっ
た。捜し物は輝き物とはかぎらない。画家や作家たちの
形見函に入れる物を捜していたのだった。
例えば
詩人の抽象的な葬式の目録一式。
詩人の家の油のしみたドアノブの小片。
砂時計や万年筆のペン先の錆。
茶色に変色している家族写真。
わたしの歴史のハンカチのほずれたレース。
かじりあとのついたリンゴの腐ったままで乾いて。
小さな幼児用のスプーンのへこみ。
つくり物たちの声が集まってくる。
長い生涯より縮められた生涯の四隅飾鋲付「シージン・
プレス」*の活字組分け箱のように細く区切られた箱に詰
める物たち。人たちのように。
アルファベットの数ほどに区切られることもない生涯に

幾つかの手ざわりの残留物が。
天使の羽毛の種類の
色とりどりにあるべき位置に納まるのだった。

土曜日の朝だというのに枕もとの電気が切れて風呂場の電気も切れて金庫も開かなかった。フロントに通じたはずだが修理屋がこないのだった。

昼には観光客の群れがあふれるように押し寄せて来た。押しつぶされるように歩いていると人種の匂いに包まれ慣れない食物を口にしたような気分になる。そう吐気だ。吐気がこみあげてくる。ポートベロー通り*のティールームは衣服屋の隣の角店で地下にトイレがあるのだった。この吐気を止めることができればと水のこぼれたナプキンの汚れがちらばっているテーブルに坐る。こぼれた珈琲の濁りが近づくようだ。紅茶が運ばれてくる。

見ているだけだ。

見ているのだ。

男の視線が向いている湯気の動きだ。作家になるのだった。吐気をここでこごらせる。
わたしの生涯を吐きだすことなく
あごひげをはやした男友達に声をかけることもできたのだ。幽霊でも見たように驚き気分が悪くなったにちがいない。真青な顔になって叫んだのだがわたしは他の人たちには見えないようだった。土曜日ごとに男友達に声をかけたのだ。

〈草を吐くことなく〉

〈息をはくのだ〉

〈吐き気のように〉

干し草を詰めるべきでしょうか。口のなかに押しこまれた分量と唾液と血こごりまでも。緑色の蜂を見つけまし

たか。針を持っている蜂は緑色でした。作家のペン先の
ように鋭くとがった緑の針はエメラルドの硬さのペン先
だった。酷似の硬度で。
干し草山事件は未解決のまま忘れ去られるでしょう。

吐いてみましょう。
干し草の匂いをはなって
殺人者はわたしです。
男友達が
すっかり吐いてしまわないうちに。
幽霊の幻体を
箱詰めに。した。

二つのかたち

セント・アイヴスへ

地の涯には楽園ありと列車は準速で波しぶきあびる走行である。半日すぎの終着駅ランド・エンドから西方に戻る旅から始まるのであった。気持を歩行に戻すと六月のセント・アイヴス駅に到着する。そこには真夏の風が吹いているのだった。これ以上待つことのできない六月であった。

二つの形（Two Figures 1968）
円柱を半分に分割し背を伸ばした形体である。二人の人が立っているように見えるが、すでに人体というようには細部の省略があり機能を感じさせる形は残されていない。それは人であるかのように立っているのではない。だが人としてそこに在るのである。二体の高さはいくらか差があり二つあるいは三つの青い穴をもっている。一九七五年の箱根の森に立っていたのであった。天気予報が放送されると背景の丘が写しだされる。これがヘップワース美術館への道のりに続くのである。

長いコートをはおるにはすでに季節は先に行っているのではないだろうかという気がするのだった。枝を切り落とすと切り落とし口からふきだす芽は切り口を取りかこみ犇めく芽となって萌えだすのである。葉群の狂暴な繁殖力に押さえこまれるような空間が埋めつくされるような追いつめられかたである。

新世紀の刈り取りは大胆な構図でと正面体で受けて立つが切り取った枝はまだ積み残されている。そんな時も森の波が寄せては返すものだからどのような呼吸をすればいいのか。木の息に石の息に耳をすませてはみるのだ。わたしの手の意志のように。

《花はわたしが買ってくるわ。
子供たちはまだ小さい。
どこまで。行けば*。

女彫刻家のアトリエの壁には石膏のついたガウンがかけられている。脱いだばかりの姿のように。触れればきっと温かいだろう。卵型の大理石が作業台の上にころがっている。波の浸食力模様に細かく刻まれている。女たちの喉の傷のように魂にしわが刻まれている。

《血をそそいだね。
流れるほどに。
青い地図が透いている。*

細かくさらに細かく刻むほどに新しいたいらが表われ研かれていくと写しだされるわたしたちがあるのだった。小片を上着のポケットに入れてボタンをかけたのだ。わたしの暗がりに目のついた小片を入れること。追憶の眠りに。
わたしはノミの角度をさだめてハンマーをふる。ガウンをはおり何度も激しくふりおろすのだ。

二つの形（Two Forms 1934）
大理石を刻み二個の丸みのある形体を長方形の台の上に配置する。横たわっている女性の身体を想起する横長の楕円柱は胸と腰のあたりにふくらみのある曲体でありその前にボールの大きさの楕円球を置くと母子像のようにも見える。午睡する母子像と命名したくなるのである。まどろむはまどうことでもあったかのようにゆったりとした時間がここに流れており幼年の胸にしまわれた大事な記憶といえよう。小さな時間を小箱に入れてみるようである。ここからいくつも二つのかたちが創られる。

朝の砂の。海のなかの。ゴドレヴィイ燈台*の灯は消えているが白い印に手を振る。家族に手を振るように。海の窪みに坐っている人にむかって振るように。ふたつの風が流れていく風の道がはっきり見える。

水をかけぬける長い風に追いつくのだ。

手よ。

バリー列車

パディントン駅午前七時四十五分発の列車に黒いコート
に両手を入れた女が乗りこむ。二番ホームの中ほど短か
いベルに長い朝は瞬時明かるみ掲示板に書かれなかった
西南端へ動きだす。
十月の窓に息を吹きかける。
煙突の町はまだ眠っている。
詩の探偵は三つの鍵言葉《キーワード》を手掛りにまずは南に向うのだ。
東空の細い月が消えるまでに。

〈三日月〉
〈吊鐘〉
〈ピラミッド〉
月型の底辺を広げると吊鐘が現われさらに広げると四角錐になる。
塔の町の吊鐘は黙っている。

トンネルを抜けると丘が現われ野兎が跳ねる。
走り抜ける先にもう一匹がと目で数えて目で追う先がトンネルである。
常緑樹のアーチを通り抜けると野兎が現われ丘が跳ねている。
野兎色の丘が跳ねている。
吊鐘のように膨らんだ丘である。

詩篇の足跡は点々と続いているが解読できない。停車駅
の名前をスケッチブックに記す。
解読は解読を生むが列車は横にそれていくようなのだ。
〈草の駅〉
〈鐘の駅〉
〈橋の駅〉
無人駅が無人駅に継続し誤読し細い月は日毎に底辺が広
がり肥っていく。
トンネルのような穴を通り抜け
フラナガンの野兎は
大西洋を飛びこえた。

窓の第二章

旧舎の木造階段をのぼるとそこは展示会場になっており美術展であった。壁面には女性の肖像画がかかって中心に向っての正面像の視線が入口に向っている。かつて役場であったこの空間は地方からおとずれた人たちの集合の場所であった。野の香りを運んでくる場所であった。東の門から西の門からと。人たちは物語を運んでくる。

御兄様
織物のはじ糸をほどくように思い出がほぐれてきます。

完結された物語などあったでしょうか。常に完結の先にもほどけない糸すじがあるのでした。

街道ぞいの美術館で肖像画を見ました。強い美しさのある素描画で見詰めている視線は遠方まで届くのです。この絵はかぎりなく近い場所に居る人のように髪のはねあがり巻き毛まで描かれて若い彫刻家はあたたかい風の町にいるかのようでした。

あの頃といってもいいでしょうか。

小さな子供たちの笑い声がする庭と。

三つ子たちの走る足音が海風と共にここまで届いてきました。

石を刻む音と共に。

海辺から遠い場所で思い出すのです。織物の糸はかたちをほぐしながら全てを伝えています。

アトリエの窓から海が見えました。

彫刻家は三つの形を刻りながら時おり海の方向を見る

のです。目を細めて。

ほぐした糸は波のようにうねっています。

詩人は波の向こうの島に行きました。渡っていきました。続きもほどきます。　署名もほどかれて。


壁面は絵におおわれていて外気はなく旧時代の構造のなかで今の出口があるばかりである。だがその出口が入口とあってはわたしは入ったことを忘れるだろうか。すでに見たものを後方におくことになると遠ざかる人ということになると一階の出口は街道の石畳になるのだった。

形・断章

石の形体が立ち並ぶ庭*には樹木が屋根状に広がりそこから南方向に一枝が長く伸びている。断面において回想的に形を描いてみると年代が現われるのであった。その断面があの森のようであったらと思わずにいられない年代というものがあり一枝の先が地の涯という地名であることを旅の途中で知ったのだった。

長い旅であった。何度も長さを思うように。

混乱のなかでそのように回想してよいものだろうか。私のなかで形が明確に成りたつようにさらに静かに鮮明な形があるとすれば森ではなく一本の樹木の下でたたずむことが必要になるのだった。いや希むのであった。いや生活の一部であったそのようにして。

薄桃色のひかりのさす樹木は形体のようにしてそこにあり感情の続きのように変化と量を与えるのであった。それは散文的ではあったが混合的に押し寄せてくるものだから慣例的な香りのようで慰められるのであった。

香りの形がふくらむような海の風の中で薄桃色に舞うのは散粉のようでもあるがそれらの小さなかたちは桜の花弁であり言葉のひとひらのようであった。ここまで来たのは謎ときのためではなくたたずむためであり形になることであった。

かつて形があった。並ぶふたつの形であった。その流れようは曲線の語ることばがあまり流れこんでくるものだから視ることに疲労するわけにはいかないでここにいるのだった。ここは遠い場所である。

彫刻家にも遠いがここにいることが形であった。わたしたちは出合わないだろう。

だが出合うであろう。

庭がみちびく形の香りによって。

断面においてではなく全体において視野に入れることがこの庭の高さである。

灯台に火がともることが見える高さである。

石を刻むはしごの高さである。

高さを越えていくことのできる場所であり空の青さと海の青が結びつくのである。高さが遠くまで運んでいく形のことばがありそれに細かい字で感情的に書きたいのだ。鎮められない感情は指先をとおりぬけて高さをのぼっていく。指にはさんだ煙草の煙のように高さをのぼっていく。あなたの手が高さを持っているように煙がのぼっていく。白いから青いまでを。青いから手を伸ばすと枝よりも先まで伸びるように感情を伝えることができるだろう。

ひとひらのことばでよかった。ひとひらで年代をこえて伝えることができる。薄桃色のことばを伝えたい。
ふたつのかたちから
トルソのかたちに
そこからあふれる薄桃色のひとひらが舟になって流れていくだろう。ここにある青いからはなれて流れていく青いになって。
ひとひらに声をのせていけるだろう。
青いは声をそめないだろう。
わたしの声をそめないだろう。

追伸のように
細かい字は煙の字のようであったが判読できる。わたしが花びらであったらいい融け合うことができる。つつむこともできる水のようにも温かい風のようにも形のように。水の眠りのように。細かく細かく細かい字に。形の字になって。

音信《おとずれ》の庭

ここより先を望んだ四月があり花の木の下でのことであった。桃色の屋根のようにあるくつろぎの下で彫刻家の指にはさまれた煙草のけむがたちのぼるたびに花が声をだすのだ。呼んでみると桃色は八重になって感情を濃い色にして指をつつむのである。このように堅い指があって。指の関節がふくらんで。いて。石を叩いてきた手が軽くはさむ先にけむがのぼっていく。わたしの望むように手があってかつてやわらかい指をもった人であったことが思いだされるのであった。堅い指に刻まれたかたちたちのなかにこぼれて湿ってゆく濃い桃色が見上げればすぐそばにある。

向き合うことのできるかたちのように。

向き合うことのできる声たちを呼んでみる。

食卓でかわした声たちが戻ってくるようだ。

男たちが坐っている食卓に椅子はそこにあるだろうか。

小さなふとんは綿が湿ってうすくなってくぼんでいる。

小さな小さなふとんは椅子に坐っている。こぼした汁のあとがまだそこにあって触れてみるのだった。

石碑 - 天空（Monolith-Empyre 1953）
一本の柱であるように庭に置かれている。桜の木の下にある石彫で一本の柱にいくつかの穴があり、通り抜けることができる。空からは穴がみえ穴からも空がみえる。石材の角を刻み円柱の丸をつける。地はただは丁寧にみがかれておりすべらかに優しさを保っている。

穴を通り抜けるのは海からの風であり時おり花の香りも通り抜けるであろう。雨もたちよることのあるような穴がある。彫刻家は一九五三年に制作し題名を付けた。記憶の杭が差し込まれている。

セント・アイヴスのアトリエの庭にある。


わたしが望むのぼりかたであっただろうか。煙のもとには火もあってもえているのだった。小さな炎がそこにあってたちのぼる。炎のようにもえてきた堅い指によってつくられたかたちたちは内部のようであったが外部であった。わたしをとおしてうまれでたものに内部だけのつながりで外部もつつんでしまいたかった。

大きくなっていく。

育っていくうまれたものたち。

ひとりのために。

つながっている声よ。

ひとひらの声が微かに頬にふれて甘いにおいをさせるので食卓での会話のようにかみしめるのだった。

ふりつもりふりつもるようにとどけてくれた木のもとで見あげるとどこまでも煙景になる。

青葉の声

木が寝返りをうつたびに青葉が両肩に降りしきるのは目覚めの記憶をたぐりよせているからにちがいない。かきよせる青葉は重く湿っているがそこにたたずむ人がいると黒揚羽蝶が葉のまねをするのであった。

〈葉の声でいい。の。

二葉のように。


両手をあげた坐る赤児を木から刻りだしたのは抱きあげた両手によってである。

眠りたりない両手は堅く握りしめられている。手をひろげれば何もかも見えてくる眠りを手ばなさないで持ち続けた。手の記憶は確かに水質のように刻みつき乳児であることを続けるのであった。視線は外に向けられた角度であるがそこは内部のようにあたたかい体温に触れることができる。内部にこめられる表情とでもいうように目をとじて口をすぼめている。彫刻家が「アンファント」を刻りあげたのは母になった一九二九年であった。

木が揺れるたびに青葉を降りおとす。春から降り積もり短い雨季を通って夏の降り積もりまでかきよせる。降りやまない秋の青葉をかきよせてもかきよせても降りかかるのであった。両肩にかかる重みはどこまでも青葉の重みをはなさないのである。埋まることを望んでいるかのように眠りのなかで季節がとまる。
二羽のように。

窓の第三章

呼び渡せる長さから始まるものを待つことを人さし指が覚えているかを聞くべきであったが窓をあけなかった。南向きの窓から一方向に光が入ってくる位置に影像はあるがそこから離れられない理由が分らないのは窓の時間を知らせる斜線の角度の不定確であることであった。一本の線が決めてしまう全体はつねにここに止まらせる力を持っている。その線の先が立体につながっているのを風景のなかの木あるいは庭の木の数よりも正確に知っている指をもつあの庭の人がここに止まらせるのであった。

熱い指先で。

花の庭には便りの香りが届く。海の香りに混って時間の香りが季節便のようにあるいは名残りの便のように届くのである。ひとすじの光が一点を通過するときに濃くより濃くなるのであった。伝言はいつも熱くひとすじである。窓をおおう花の木は季節の変わりめにさらに時刻の変わりめにさらに心の変わりめにさらに熱したひとすじ通る道すじをあけるのであった。閉じられた窓を通してもなお透してくるひとすじが濃く熱してともす。鉄をもとかす濃さになり陽《ルビー》いろになって指先にとまるのであった。西の海におちる夕陽のように。

あれは遠い場所からの伝信ではあるが思いの深さがつくる色あいでありもえるように色づくのである。

〈わたしはここで待っているだろう

〈呼び渡るここで待っているだろう

〈その長さを待っているだろう

薄闇の部屋で明るむ影像は待つことを長さと思うだろうか。わたしは坐っている。わたしはここに坐っている。受けとめる長さを坐っている。明るむのだった。一点が強く焼けるように。

陽の小片がはじける熱さで。

羽のかたち

回帰便

月日が流れてくるなどと思っていませんでした。桜貝の形をした薄いもも色の小片が水ぎわで見え隠れしているのです。手のひらにひろがるように動いているのです。小片の声が貝の形で流れるのです。なめらかにふちどられたかたちは遠い所から来たのでしょう。西の端の浜辺まで波にのってきたのではなく泳いできたのです。彫刻家の手でつくられた軽い羽を付けるのを忘れていました。金属の羽は重く飛び散り打ち落とされる。海に落ちるのです。アジアの二月。です。

羽の形（Winged Figure 1962）
壁面に羽形が取り付けられた。二つの羽の形体が左右にひろげきっていない。飛び立とうとはしていない。所有するには大きすぎる。母性の大きさよ。羽は地上から離れることで浮遊するのだが。あまりにも軽さを重視したため高度を上げることができないというよりこの位置から巣があるという位置より離れることを望まない設置である。壁ぎわの道はカンタベリーに続いている。ビルディングにも名がついている。
〈羽のかたち〉ではなくてもよかった。

魚の羽のように時をはねあげて泳いできたのです。アジアの海からこの島まで端まで九年の青にそまりまだ透明です。

〈うすももいろの小片《かけら》ね。
〈うすももいろの声ね。

手のひらにのせると貝がらのようです。
これは声の骨片です。
待っていることを知っている知らせであり帰路がわかっていました。
セント・アイヴスよ。
二度目の別れと懐しさを
手渡します。

桜なき

桜泣きのふちへふちへとおりていく近くのふちに近くよりそう花びらが白くにじむ白さまで近くにきてそこは小さな傷のような白さにみえる近さだからいま見える近さなのだった。弥生の末に咲きひらく近さだった。

ここへおりるのは散る近さなのである。

〈さびしい。の。〉をよけて散るか。


横たわる身体のどこからどこまでもがなだらかな曲線である。ふくらみのあるかたちを母性と呼ぶことができるかもしれない。ふくよかなふくらみが横たわるのは休息という時をかかえている。そのかかえこむくぼみのかたちにおかれてさらに丸みのあるかたちはどこからこぼれおちてきたか。そのようなつながりがありかたちの類系をしてそのいち部のようでもある。ふたつのかたちがひとつひとつあるにしてもかつてひとつであったことがわかる。そのような球体がありみつめているのだった。

寒い弥生があり旅だつ白いがあった。かつて。桜ふぶく庭に白い花びらがなくのだ。寒さが戻り戻ることができたらと花びらは散る。
戻る寒さが戻る花びらは
より丸みをおびて寒いのだった。
ここにいる寒さが
とりもどせよ。よう。

窓の第四章

四月の短い斜陽を車窓の小刻みな揺れとあびてここまで来たのであったが語るべきことは物語にまぎれて放たれていくのである。草を食む羊の時間である。

石橋を渡り西門をくぐると街道は人だかりで民族衣装の女達が踊っている。輪になって輪になってスカートは脹らんでふわふわと土ぼこりもたてている。旅籠屋カウンティ*で食したマフィンの味も古いほこりの臭いがしたのである。坐っていることで望めることは何かあるでしょうか。食すことのできる旅があったことがなによりでしょう。昼時に窓際に坐っていることがそうして苺ジャムをなびいて甘く食していることが一日の最も甘味な時間らしい時間なのでしょう。パンのためにより誰のために。一冊の詩劇が手渡されたのは数日前のことでありカンタベリーに着くまでに読むのだが歌が鳴り響き詩人の声にならないのである。大寺院での事件は三つの声で語られてはいるが本当は誰の声が聞こえたのか。聞きとればよかったのだろう。高い天井の下で縮まってしまったわたしは押し寄せてくることから声を聞き分けることができなかった。誰もに光がさしてくるようにここにもわたしの場所にも子供たちにもと疑うことはなかったのである。この密度の濃い澄んだ空間のなかにおいて。

カンタベリーまで道のりにたとえ「荒地*」があったとしても立ちどまって悲劇を書くことがあってよかったか。

音が鳴り響く。

暗い紺碧の空の下で。

犬のいる場所

カンタベリー街道

旅籠屋カウンティの廊下は細く傾斜し取り付けた奥のさらに先の角に部屋があった。六十八号室は英国田舎風の家具で整えられ田園色の小花模様の繰り返し柄が広げられている。旅の目覚めは早く陽がこぼれてくるのを合図に目をあけると少女時代がそこに眠っていたのであった。

中世の街道に
笛吹き男がいた
灰色の犬は
膝に頭を凭れかけている

銀貨が皿に落ちる音に
薄目をあける
〈覚えていたね。
〈この足音を。
東の国の旅びとよ
抱きかかえてきた願いを
渡してきたか
蠟燭の炎に
神の目をした犬よ
鼻先を撫ぜてゆく風が
答えた

間口の狭い玄関から入るカウンターの奥の食堂の先のかつての馬屋も旅びとの部屋だ。チョーサーの部屋と呼ぶ。蠟燭の炎が人の顔を濃く包みこむ。人の世の深い影が節度ほどに。大聖堂の回廊を巡って男は帰っていくだろう。いつものテーブルへ。

朗読の人

カンタベリー物語博物館の曲がりくねった通路歴史的な臭いが充満してほこり臭く時代の排泄臭も混って到着した先は出発点にすぎなかった。この薄暗い小部屋の連なりのなかで物語る粉屋のこげた臭いがいつまでも鼻につくのであったその先が出口であったのだった。

出口といってもそこは小物屋のような店で詩集といってもそれはカンタベリー物語にちがいなく声までもついているのであった。

弁当箱の厚みの読本二冊につめこまれた色どりのよい物

語がよい香りをはなっているのであった。

四月がそのやさしきにわか雨を
三月の旱魃の根にまで滲みとおらせ
樹液の管ひとつひとつをしっとりと
ひたし潤し花も綻びはじめるころ*

鼻にかかったような柔かい声が繰り返し響きわたる。四月が旅のはじめにちがいなくいつも四月がわたしをせきたてた。女達の歩いてきた道のりを再び歩いているにすぎないにしても野を越えてここまできたのだった。架空の物語が時代をこえて声としてここにあり口ずさんでみるのだった。異国の地の異国の言葉はあまりにあいまいさを残したままであるがどこまでも読み続けるのであった。

西風もまたその香しきそよ風にて
雑木林や木立の柔らかき新芽に息吹をそそぎ若き太陽が
白羊宮の中へその行路《みち》の半ばを急ぎ行き、
小鳥たちは美しき調べをかなで
夜を通して眼をあけたままに眠るころ、*

朗読は続いている。とかつてイギリス詩人が書いた詩人を思い出しているのだ。ヨーク生れの詩人であった。朗読は続いている。

「バースの女房」*の章がはじまっている。とりわけこの話が好きであったシルビア・プラスの声が聞こえてくるのだった。リーズ駅で乗りかえてヨーク駅で降りると牧場のある町に着いたのだった。牧草は青々としていたが牛一匹いたわけではなかった。そこには声はみちて青々した草が招くように声をだしている。

狭い小部屋にたちこもる臭気が羊の唾液の甘さであった。
わたしの詩人よ。
わたしの声を聞けよ。
長い牧歌的な一日に羊の舌のようになめらかにわたしは
詩を朗読した。
長い長い詩句は一日の終りになるまで。
詩句を永遠に続くことができたら。
この幸福は永遠だっただろうか。
バースの女房の指づかいで詩を書いた
精密に豊かに大胆に織りこんだわたしの病いガスの臭い
のほうがいい。
羊の舌になめられるような臭気よ。
まだ
朗読はつづくのだ。

物語はどこからでも変えることができる。省略することもできるのであったがカンタベリーへの道のりは省略することができなかったように今日ここにいるために昨日を省略するわけにはいかなかった。

傷口が開くように血が流れだす日本の詩人がいたのだった。女詩人は車椅子で沈黙の十年を過した。

プラスの声たちの女たちの声のように
声の傷たちの場所がオーブンの中などとバースの女房は言わなかった。

朗読が続いている。

男たちの名前が織物の模様のように形があらわれてくるのだ。

朗読が続いている。

霧の中で会ったわたしたちのことばよ。

血のほとばしりが詩なのだから、
それを止めることなど出来やしない。

(「親切*」)


プラスと同年に生まれた詩人は伝えられた言葉をわたしたちに手渡した。プラスの倍を生きて沈黙した。十年の沈黙を車椅子のうえで。

「水分を。*」

どれだけの水を飲んでも喉は乾いた。

「水分を。」

男よ。

裏切りは完膚なきまでわたしたちを切り裂いた。

わたしの喉につきささった詩のように。


鼻にかかったような柔かい声が繰り返し響きわたる。四月が旅のはじまりのようにいつも四月がわたしをせきたてた。女達の歩いてきた道のりをなぞって歩いているにすぎないにしても野を越えてここまできたのだった。

野を歩く女達は
母であったかもしれない
少女であったかもしれない
沈黙することは
全部であったかもしれない
朗読するように
歩くのであった。

「水分を。」

草窓の結章

めぐっていてめぐりめぐりくるこの広さはどのような広さであったかと。ここまでたどりたどってきたのだと。この戸口は手をさしのべればいつでもひらかれるのであると。

ここにひとひら届けて窓辺にもひとひら届けにきたのである。

風のさくら舟で。

窓のノートをひらいた時のようにいっせいに言葉のはなびらが舞いあがりこめられていた言葉たちがあふれでる

ようにとは軽やかにとはならない吹きだしではあったと。

鳥がついばむ朝つゆのつゆほどにひえた空のつゆの滴りであったかのように舞いおりるのは花のかたちに浮いている花の舟である。

鳥がいて花がありかたちではない見えるものがあるとしてもそこにはもやのようにうすい花色ばかりが広がっているのである。

その花のあいだにも花があり空があって鳥がいて声はないのである。

窓は空までつづいているかのようなあけはなしで広がりをつつんでいるのである。

わたしたちはつつまれているのであった。

遠くからの声に。つつまれているのである。

声の舟にのっている。

荒野の羽

赤いヒースの丘で
青い羽が
あなたの希求であるように
羽を数えるように祈ります
小さな祈りが
どこまでも
届きますように
深く深く
あなたに祈ります

荒地が
朝日に
めざめるように
あなたの心も
めざめて
迷いなく
青い羽は
あなたの翼になるでしょう

海のかたち

ポーツミア海岸で

砂のくぼみは高さが定位置にとどまりわたしが坐ってい
るわたしたちが坐っている高さなのである。押しよせて
くる波がきて灯台がかすんで見える日もあっただろう。
足もとに漂い漣のやさしさでさする日もあっただろう。
漂う水量を両手でかかえるかたちをつくってみた。砂浜
のかたちになるのだった。

海の形（Sea Form-Porthmer 1958）
湾曲した銅板の厚みのある形体は横長に広がり遠方を

見る空間である。抱え込む多種の漂いを陸地に届ける動作のようでもある。ポーツミア海岸の地形をした輪郭は海という流体を視覚的にとらえた抽象的な形体となってはいるが変動の自在さが感じられる。包み込む優しさと強さが共存するのである。

いく月もいく年も坐っている砂のくぼみは身体が同化するように坐るのである。漂うあたたかさをかかえてみる。手を広げると熱帯の国の海につづいているのを知るのである。

《待っているよ。
《めぐっているね。
くずれてしまいやすい砂の
くたれてしまいやすい草の
青いくぼみに形の重みもゆだねて
草の眼に虹がかかる。

プロフィール

バーバラ・ヘップワース（一九〇三〜七五）

イギリスの彫刻家でヨークシャ生れ。リーズ美術学校に学ぶ。同級に彫刻家のヘンリー・ムーアがいた。王立美術学校で学び、後にイタリア滞在する。石彫及びブロンズの彫刻を制作する。

フィレンツェにてジョン・スキーピングと結婚し第一子ポール（一九二九〜五三）が生れるが離婚する。

ベン・ニコルソンと結婚し三つ子、サラ、レイチェル、シモンが生れる。一九五一年にニコルソンと離婚する。

第二位大英帝国勲章を受ける。第七回日本国際美術展外務大臣賞などを多数受ける。

ベン・ニコルソン（一八九四〜一九八二）
イギリスの画家でバッキンガムシャー生れ。風景画及び静物画などを制作する。
画家のウィニィフレッドと結婚し四人の子供がある。その後、ヘップワースと再婚する。
一九五八年スイスへ移住し、写真家のフェリシタス・フォグラーは三番目の妻であり、一九七二年にロンドンに帰国する。
ナウム・ガボやモンドリアンと交流しロバート・グレーヴズとは友人である。
ヴェニスビエンナーレ出品。第三回日本国際美術展東京知事賞など受賞する。

ナンシー・ニコルソン（一八九九～一九七七）
画家、テキスタイルデザイナー。フェミニスト。ベン・ニコルソンの妹。
ロバート・グレーヴズの最初の妻で、四人の子供があったが病弱であった。一九二六年夫とエジプトへ行くが帰国後に離婚する。
グレーヴズに十六歳で会い兵役についていた時には手紙をよく書いたとある。

ロバート・グレーヴズ（一八九五～一九八五）
イギリスの詩人、作家。（ロバート・フォン・ランケ・グレーヴズ）
ナンシー・ニコルソンと結婚し四人の子供をもつが一九二九年に離婚する。
その後ローラ・ライディングとマヨルカ島に移住し十年間暮しアメリカへ行くも終結する。
一九四六年にマヨルカ島に戻り、ベルリ・ゾリッチャードと再婚し四人の子供が生れる。
自伝『さらば古きものよ』（工藤政司訳）
小説『アラビアのロレンス』、『この私、クラウディウス』（多田智満子訳）
『詩集』（Collected Poems 1938）など多数、全百三十冊の本を刊行した。

バリー・フラナガン（一九四一〜）

イギリスの彫刻家。スペイン在住。

ブロンズ彫刻「鏡の上の野兎」「ピラミッドの上の野兎」など多数制作する。

トーマス・スターンズ・エリオット（一八八八〜一九六五）
詩人、劇作家。アメリカのセントルイス生れ、一九二七年イギリスに帰化する。
詩集『荒地』（西脇順三郎訳）など多数ある。
詩劇『カンタベリー大聖堂殺人事件』、『キャッツ』など。
詩論『詩の三つの声』（丸元淑生訳）など。
ノーベル文学賞を受賞する（一九四八）。

ヴァージニア・ウルフ（一八八二〜一九四一）

イギリスの小説家でロンドン生れ。

小説『ダロウェイ夫人』（舟治愛訳）、『燈台へ』（フェミナ賞　伊吹知勢訳）、『オーランド』など刊行する。

エッセイ集『自分だけの部屋』（川本静子訳）など。

子供の頃に行ったセント・アイヴスについて小説を書いている。

ミューリエル・スパーク（一九一八〜　）

イギリスの小説家でエジンバラ生れ。

十八歳でアフリカへ渡り結婚し一児をもうけ帰国する。

ポエトリーレビュー誌の編集者をしながら執筆する。

小説『ポートベロー通り』（小辻梅子訳）、『メメント・モリ』など長篇十八作刊行する。

日常のなかの超現実的な短篇を多く書く。

シルビア・プラス（一九三二〜一九六三）
アメリカの詩人、ボストン生れ。
イギリスの桂冠詩人テッド・ヒューズと結婚する。
詩集『巨像』（一九六〇）、『エアリアル』（一九六五）などを刊行する。

吉原幸子（一九三二〜二〇〇二）

詩人、東京生れ。

詩誌「ラ・メール」を新川和江と発行。「歴程」に参加。

詩集『幼年連禱』、『オンディーヌ』（高見順賞）、『ブラックバードを見た日』など多数刊行する。

詩朗読の名手で詩劇などもてがける。

明峯明子（一九一五〜二〇〇二）
詩人、群馬県生れ。北村太郎に師事する。
詩集『ひとけなきうた』、『窓へのノート』、『風景画』を刊行する。

ジェフリー・チョーサー（一三四三〜一四〇〇）
イギリスの中世詩人、宮廷詩人。
代表作『カンタベリー物語』（桝井迪夫訳・金子健二訳・笹本長敬訳の完訳が発刊されている）ほか『善女列伝』などがある。
原文は大部分押韻で書かれ、二話は散文ではあるが訳文は散文である。全二十六話である。四日間の日程で全員で三十二名であった。全員が話すことになっていたが実際には二十三名であった。これらの物語はチョーサーの創作ではなくすべて当時ヨーロッパで語られていた話である。

註

みどりの序章

御兄様＝ベン・ニコルソン
『アラビアのロレンス』＝ロバート・グレーヴズの小説
詩女神《ミューズ》＝詩人ローラ・ライディング
〈草のみどり……〉＝ロバート・グレーヴズの詩

一つのかたち

サザーク＝カンタベリー巡礼のロンドンの地名で宿屋タバルトから出発
テイト・モダン＝イギリス現代美術館

穴のあるかたち

ハムステッド＝ヘップワースのアトリエのある地名
フリーダ＝メキシコの画家フリーダ・カーロ

トルソI

オスカー・ワイルド＝イギリスの小説家

〈――まさに日本的な……〉＝『ドリアン・グレイの肖像』福田恆存訳より引用

O氏＝舞踏家の大野慶人。〈ドリアン・グレイの最後の肖像画〉は舞踏の題名

窓の第一章

「朝食のテーブル」＝ベン・ニコルソンの油絵の題名

詩人＝ロバート・グレーヴズ

〈視凝めすぎることは……〉＝明峯明子の詩「窓」より引用

草の形見函

シージン・プレス＝ロバート・グレーヴズの出版社名

ポートベロー通り＝ミューリエル・スパークの小説題名

二つのかたち

〈花はわたしが買ってくるわ……〉＝ヴァージニア・ウルフの小説『ダロウェイ夫人』より引用

〈血をそそいだね……〉＝同右

ゴドレヴィイ燈台＝セント・アイヴスにある燈台

形・断章

庭＝ヘップワースガーデン。セント・アイヴスのアトリエの庭

窓の第四章

カウンティ＝チョーサーの『カンタベリー物語』の巡礼の泊ったカンタベリーの宿屋

「荒地」＝T・S・エリオットの詩集名

朗読の人

〈四月がそのやさしきにわか雨を……〉＝『カンタベリー物語』「総序の歌」桝井迪夫訳

〈西風もまたその香しきそよ風にて……〉＝同右、前述四行から続く五行

「バースの女房」＝同右「バースの女房の物語」

〈血のほとばしりが詩なのだから……〉＝シルビア・プラスの詩「親切」より、吉原幸子訳

「水分を。」＝吉原幸子の言葉

バーバラ・ヘップワースの彫刻作品

紘のある形（Spring 1966）
一つの形（Single Form 1937-38）
穴のある形（Pierced Form 1931）
三つの形（Three Forms 1935）
トルソⅠ・ユリシーズ（Torso I・Ulysses 1958）
二つの形（Two Figures 1968）
二つの形（Two Forms 1934）
石碑 - 天空（Monolith-Empyre 1953）
アンファント（Infant 1929）
羽の形（Winged Figure 1962）
母子像（Figure-Mother and Child 1933）
海の形（Sea Form-Porthmer 1958）

あとがき

箱根の彫刻の森美術館でブロンズ彫刻〈二つの形〉を見てから長期にわたり野を歩きました。七〇年代は彫刻の制作をしていたので、美術に関する文章を書く仕事をしており美術館紀行の歩行でもあったのです。

東京から京都まで東海道を歩いたように、ロンドンからカンタベリーまでも歩きたいと思いましたが森や丘そして野の多い国の一駅の距離はかなりあり一日で歩けるほどではなく、地理を知らないでの道中は難しいのです。

そこで九〇年代になり歩行の機会をみては歩きと列車をのりついでカンタベリーに行きました。彫刻を見る旅はバーバラ・ヘップワースの彫刻を見る旅となり西南端のセント・アイヴスまで行きました。訪れる所には彫刻があり形があるように言葉があり、私は形をつくるように詩を書いたのです。

『カンタベリー物語』は旅に出ている時に読み家にいる時もよく読みました。翻訳者が記載されている本から引用いたしました。このように野を歩いておりますと、ふと立ち止まり窓からの風景が懐かしくなるのです。窓からの風景はここにあり、野は庭の続きのようにあるのです。

草《くさ》窓《まど》のかたち

著者
鈴木《すずき》東海子《しょうこ》
発行者
小田久郎
発行所
株式会社 思潮社
〒一六二―〇八四二 東京都新宿区市谷砂土原町三―十五
電話〇三（三二六七）八一五三（営業）・八一四一（編集）
FAX〇三（三二六七）八一四二
印刷所
創栄図書印刷株式会社
製本所
小高製本工業株式会社
発行日
二〇一二年十月三十一日